# CHANSONS

ET

# POÉSIES FUGITIVES.

I

CHARTRES,

Hervé, libraire, rue d'Angoulême.

DREUX,

Audiger, libraire, rue Saint-Pierre.
Leménestrel, imprimeur-libraire, Grande Rue.

IMPRIMERIE DE FIRMIN DIDOT,
RUE JACOB, N° 24.

# CHANSONS

## et

# Poésies Fugitives

### PAR N. M. CLAYE.

(D'EURE ET LOIR)

Paris,

PONTHIEU, AU PALAIS-ROYAL,

GALERIE DE BOIS, N° 252.

FIRMIN DIDOT. RUE JACOB, N° 24.

M DCCC XXVI.

# CHANSONS

## et

# Poésies Fugitives,

### PAR N. M. CLAYE.

(D'EURE ET LOIR.)

Paris,

PONTHIEU, AU PALAIS-ROYAL,
GALERIE DE BOIS, N° 252.
FIRMIN DIDOT, RUE JACOB, N° 24.

✦✦✦✦✦✦✦✦

M DCCC XXVI.

# AVANT-PROPOS.

Jᴇ rassemble ici quelques essais, fruits de mes loisirs. Engagé sur la route du Parnasse, j'ai désiré, avant d'aller plus loin, soumettre au lecteur l'inspection de mon petit bagage poétique : s'il en approuve la composition, je continuerai gaiement,

Semblable au voyageur qu'un beau temps encourage.

Mais, s'il rejette mon livre, comme on

fait un vin sans goût et sans saveur, alors peut-être m'arrêterai-je. Cependant, je pense être à l'abri de toute critique comme de tout éloge, par le peu d'importance des pièces que je publie.

Ami des plaisirs, j'aime quelquefois à chanter; ennemi du chagrin, je voudrais faire chanter les autres. Je m'estimerai donc heureux, et je croirai avoir atteint mon but, si parfois, au milieu d'un banquet, quelqu'un de mes refrains peut servir à chasser l'ennui et à faire sauter plus d'un bouchon.

Puissent mes vers, inspirés par la lecture de nos meilleurs chansonniers, se

ressentir du plaisir que m'ont fait éprou-
ver les chants échappés au luth joyeux
de Désaugiers ou à la lyre harmonieuse
de Béranger!

# CHANSONS

## ET

## POÉSIES FUGITIVES.

✦✦✦✦✦✦✦✦✦

## LE CHANTEUR.

---

Air : Entends-tu l'appel qui sonne.

Chanter voilà ma folie,
Tra la la la la la la la,
Chassons là mélancolie,
Au refrain d'un joyeux lanla,
Tra la la la la la la la.

Je chante en voyant l'aurore
Pour passer le jour gaîment,
Sur le soir je chante encore,
Je dors même en fredonnant.

Chanter voilà ma folie,
Etc.

Avec ce gai caractère,
Êtes-vous Turc, Hollandais?
Seriez-vous de l'Angleterre?
Non, messieurs, je suis Français.

Chanter voilà ma folie,
Etc.

L'un est fou de sa noblesse,
L'autre est fou de ses tableaux,
Celui-ci de sa maîtresse,
Celui-là de ses chevaux.

Chanter voilà ma folie,

Etc.

Près d'un débiteur je chante,

Quand de l'or j'entends le son ;

Qu'un créancier me tourmente,

Je l'étourdis d'un flonflon.

Chanter voilà ma folie,

Etc.

Lorsque notre ménagère

Rentre de mauvaise humeur,

Pour apaiser sa colère,

Je lui dis avec douceur :

Chanter voilà ma folie,

Etc.

Du bon Henri si la France

Chérit le joyeux renom,

C'est qu'il reçut la naissance
Au refrain d'une chanson\*.

Chanter voilà ma folie,
Etc.


Dans une bibliothèque,
Toujours je laisse à l'écart
Platon, Cicéron, Sénèque,
Pour Désaugiers et Panard.

Chanter voilà ma folie,
Etc.


Quand il faudra que j'expire,
Si la mort vient tristement,

---

\* On sait que Jeanne d'Albret, mère de Henri IV,
chanta en le mettant au monde.

Je veux qu'au son de ma lyre
Elle prenne un air riant.

Chanter voilà ma folie,
Tra la la la la la la la la,
Chassons la mélancolie
Au refrain d'un joyeux lanla,
Tra la la la la la la la.

# CHANSON BACHIQUE.

Air : Allez, allez, oui, oui, je vous l'conseille.
(De la *Féte du village voisin.*)

Mes chers amis, pour jouir de la vie,

Le verre en main bravons la faux du temps;

Et pour Momus prodiguant notre encens,

Que sa marotte nous rallie.

Joyeux troubadours,

Répétons toujours :

Non, non, non, non, non, point de mélancolie;

Oui le vrai bonheur

Est au son flatteur

De tous les pan pan, les pan pan de nos bouchons,

De tous les glougloux, les glougloux de nos flacons,
De tous les lanla, les lanla de nos chansons.


Dans un concert, qu'une voix magnifique
Par ses accens ravisse l'auditeur,
Et qu'un Lafont sur son luth enchanteur
Promène son archet magique.
A tous ces grands airs,
Ces brillans concerts,
Ces fron fron fron fron fron fron de la musique,
Je préfère encor
Le joyeux accord
De tous les pan pan, les pan pan de nos bouchons,
De tous les glougloux, les glougloux de nos flacons,
De tous les lanla, les lanla de nos chansons.


Un vieux soldat, à la gloire fidèle,
De son pays protégeant les remparts,

Si Mars chez lui porte ses étendards,

S'anime d'une ardeur nouvelle;

Il n'est jamais sourd

Lorsque du tambour

Le plan rlan tan plan, rlan tan plan le rappelle,

Mais sous l'olivier

Ce vaillant guerrier

Revient aux pan pan, aux pan pan de nos bouchons,

Au bruit des glougloux, des glougloux de nos flacons,

Au bruit des lanla, des lanla de nos chansons.

Quand votre ami, par un retour sincère,

Dans un repas veut réparer ses torts,

Pour le haïr, en vain doublant d'efforts,

Vous lui montrez un front sévère;

Si d'un verre plein

Sa tremblante main,

Tin tin tin tin tin, vient choquer votre verre,

La haine s'enfuit

Et cède au doux bruit

De tous les pan pan, les pan pan de nos bouchons,

De tous les glougloux, les glougloux de nos flacons,

De tous les lanla, les lanla de nos chansons.


Pour obtenir d'une jeune fillette

L'aveu charmant que retient la pudeur,

Joyeux lurons, cherchons avec ardeur

A trinquer avec la pauvrette :

Si le jus divin

Pénètre son sein,

Zon zon zon zon zon, elle n'est plus muette,

Et le tendre aveu

Part avec le feu

De tous les pan pan, les pan pan de nos bouchons,

De tous les glougloux, les glougloux de nos flacons,

De tous les lanla, les lanla de nos chansons.

A mon convoi ( puisqu'il faut que je meure ),

Pour cierge, amis, que l'on porte un flacon ;

Qu'un vieux tonneau de Beaune ou de Mâcon

Fasse ma dernière demeure ;

Qu'au temple divin

Les verres de vin ,

Din din din din din, du convoi sonnent l'heure ;

Et pleins du doux jus,

Chantez l'*oremus*

Au bruit des pan pan , des pan pan de nos bouchons,

Au bruit des glougloux, des glougloux de nos flacons,

Au bruit des lanla, des lanla de nos chansons.

# A M. BOIELDIEU,

EN LUI ENVOYANT LA CHANSON PRÉCÉDENTE.

Du *Calife* et de *Zoraïme*

Chantre savant et gracieux,

Vous dont le luth harmonieux

Par ses brillans accords ranime

Maint et maint poëme ennuyeux,

A mes couplets daignez sourire ;

Enfans d'un bachique délire,

Ils doivent leur succès flatteur

Aux sons charmans de votre lyre ;

Chancelans comme leur auteur,

Ils ont, dans leur marche fragile,

Pour soutenir leur pas débile,

Fort heureusement emprunté

De votre chant simple et facile

L'aimable originalité.

Que ne peut le charme magique

De votre talent enchanteur !

Grâce à ce talisman vainqueur,

Chaque jour la scène lyrique

Aux accens de votre musique

Voit accourir le spectateur.

Sublime, gracieux, comique,

Vous nous captivez sans effort.

Ah ! pour moi quelle douce ivresse,

Quand j'applaudis avec transport

Cette musique enchanteresse,

Ces chefs-d'œuvre remplis d'accord

Que je vois et revois sans cesse,
Que je voudrais revoir encor !


Mais au temple de Polymnie,
Pour trouver un facile abord,
Mes désirs et mon coffre-fort
Sont rarement en harmonie ;
Vos accens préludent en vain :
L'impérieuse économie,
Des plaisirs sévère ennemie,
Vient m'arrêter dans mon chemin :
Vous le savez, dans cette vie,
Auteur pauvre et pauvre écrivain
Marchent souvent de compagnie.


Mais vous, qui des célestes sœurs
Amant heureux et plein de gloire,

Vous qui, comblé de leurs faveurs,

Marchez au temple de Mémoire

Le front chargé de mille fleurs;

Si d'une fortune ennemie

Vous daignez plaindre les rigueurs,

Pour Euterpe et pour Polymnie

Un petit mot de votre main

Du sanctuaire de Thalie

Pourrait m'aplanir le chemin;

Plus d'une fois *Ma tante Aurore*,

*Jean de Paris*, le *Chaperon*,

Grâce à vous, grâce à votre nom,

Sans obstacle pourraient encore

Me recevoir en leur maison.

Ah! si la voix qui vous implore

Près de vous trouve un libre accès,

Les doux accens de votre lyre

Animent mes premiers essais;

Comblé de vos nouveaux bienfaits,

Je vous devrai, j'aime à le dire,

Et mes plaisirs et mes succès.

# COUPLETS

CHANTÉS DANS UNE RÉUNION D'AMIS DE COLLÉGE.

———————

AIR : Le luth galant qui chante les amours.

QUAND l'âge vient éteindre les amours,
C'est l'amitié qui charme nos vieux jours;
Ce tendre sentiment nous charme à notre aurore:
Dès notre enfance amis, nous le sommes encore,
Nous le serons toujours.      (*bis.*)


De la Discorde évitant les détours,
Fermons l'oreille à ses lâches discours;
Qu'au bruit de ce refrain le dépit la dévore:
Dès notre enfance amis, nous le sommes encore,
Nous le serons toujours.

Lorsque ma vie achèvera son cours,

Douce Amitié, prête-moi ton secours ;

Fais qu'un ami redise à ma voix qui l'implore :

Dès notre enfance amis, nous le sommes encore,

Nous le serons toujours.

# VERSEZ DU VIN.

AIR : En attendant.

VERSEZ du vin, que ce cri plein de charmes
Règne et circule au milieu du festin ;
A ce doux jus puisque tout rend les armes,
Chantons en chœur ce bachique refrain ;
Versez du vin.   (*bis.*)

Versez du vin lorsque jeune fillette
A vos désirs oppose un froid dédain ;
Si vous voulez que bientôt la pauvrette,
Moins inhumaine, à l'amour cède enfin,
Versez du vin.

Versez du vin, vous qui de votre cause,

Près de Thémis sollicitez le gain;

A vos succès quand le bon droit s'oppose,

Pour obtenir un triomphe certain,

  Versez du vin.


Versez du vin, s'écriait Henri quatre

En poursuivant le ligueur inhumain;

Ventre-saint-gris, au lieu de nous combattre,

A votre roi, qui vous offre la main,

  Versez du vin.


Versez du vin à la voix éclatante

De ce gros chantre assis près du lutrin,

Qui, l'œil hagard et la bouche béante,

Semble crier au ministre divin :

  Versez du vin.

Versez du vin, disait à son amante

Anacréon, déja sur son déclin;

Pour ranimer ma force défaillante,

Des feux d'amour pour embraser mon sein,

Versez du vin.


Versez du vin à l'éclat des bougies,

Au jour naissant versez encor du vin;

Dans les palais, au bruit des symphonies,

Sous le feuillage, au son du tambourin,

Versez du vin.

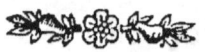

# L'OUVRAGE ET L'AUTEUR,

## APOLOGUE.

DAMON, dans un traité sur les lois libérales,

En un style pompeux vante la liberté,

Des beaux temps des Romains rappelle les annales,

    Leurs jours de gloire et de prospérité.

Connaissez-vous son livre? Il dit qu'en république

On assigne les rangs aux talens, aux vertus;

    Crésus habite un palais magnifique;

Je n'ai qu'une cabane, et je vaux un Crésus:

                    3.

Vive l'égalité! Dans sa rare éloquence,

Il trace encor de l'homme et l'honneur et les droits,

Du vrai républicain la noble indépendance,

Et l'art de parvenir sans bassesse aux emplois.

Tout respire, en un mot, dans ce savant ouvrage,

L'amour de la vertu, le véritable honneur;

L'auteur de cet écrit ne peut-être qu'un sage,

Qui sent tout ce qu'il vaut, écrit d'après son cœur;

Oui, d'un républicain tel est le caractère;

Hardi dans ses discours, il n'est jamais flatteur,

Il sait de l'indigent respecter la misère,

Et méprise d'un grand le regard protecteur :

Tel doit être Damon. Ah! quelle jouissance,

Si d'être son ami je pouvais me vanter!

Nos cœurs s'accorderont, oui, j'ose m'en flatter...

J'arrive à son logis, plein de cette espérance.

Il n'était point chez lui; mais, près d'un grand seigneur,

Très-haut et puissant personnage,
Damon, depuis deux jours, sollicitait l'honneur
De lui présenter son ouvrage.

## A MON AMI AGRICOLA D***,

EN LUI ADRESSANT LA PIÈCE PRÉCÉDENTE.

Qu'un écrivain ambitieux,

Du courtisan suivant la trace,

Dans une plate dédicace,

Accable d'éloges honteux

Quelque riche fripon en place,

D'un Midas, en termes pompeux,

Vante l'esprit, le nom fameux,

Pour en obtenir quelque grace ;

Chacun son goût. Moi, j'aime mieux,

Prenant un plus simple langage,

D'un long procès pour éviter la suite,

De la raison j'emprunte le secours;

Au médecin rarement je m'adresse;

Mon avocat n'est jamais consulté :

Quand on chérit la paix et la santé,

    N'est-ce pas là de la sagesse?


Brûlant tout bas pour l'aimable Lisette,

Lafleur bientôt est payé de retour,

Et dans les bras de la tendre soubrette

Reçoit l'aveu d'un éternel amour :

Mais un beau jour Lisette le délaisse;

Et notre amant, voyant sa trahison,

Court se jeter... dans les bras de Marton;

    N'est-ce pas là de la sagesse?


Dans un repas savoir avec finesse

Marquer des vins l'âge et la qualité,

De celui-ci rejeter la faiblesse,

Déguster l'autre avec suavité ;

Bien déboucher, verser avec adresse,

Puis reboucher le flacon prudemment :

Divin Bacchus, pour un bon desservant,

N'est-ce pas là de la sagesse ?

# A MON AMI P***,

En lui demandant un billet pour un Exercice du Conservatoire dans lequel il devait se faire entendre sur le violon.

On dit qu'après demain l'affiche annoncera

    Que, dans l'enceinte aux Muses consacrée,

Par ses brillans accords ta lyre charmera

La foule d'amateurs pour t'ouïr assemblée.

    A ton ami pourras-tu procurer

    Un petit mot d'Euterpe ou de Thalie,

Afin que sans obstacle il puisse pénétrer

Jusqu'aux lieux enchantés par ta douce harmonie?

# L'HOMME SANS AMBITION.

Air : Monsieur Champagne a la mine imposante.
( Du *Nouveau Seigneur de village.* )

Mes chers amis, pour jouir de la vie,
Est-il besoin de richesse et d'honneurs ?
Contens de peu, méprisons les grandeurs. ( *bis.* )
   Pour s'enrichir se tuer, c'est folie.
   Mon dieu, mon dieu qu'on est heureux ⎱
   Quand on n'est point ambitieux ! ⎰ ( *bis.* )

De nos efforts la fortune se joue.
Combien de gens, après bien des rigueurs,
Croyant enfin obtenir ses faveurs,

Se sont trouvés écrasés sous sa roue !

    Mon dieu, mon dieu qu'on est heureux

    Quand on n'est point ambitieux !


Bravant sur mer la tempête et l'orage,

Dorval bien loin porte ses coffres-forts,

Revient chargé de ses riches trésors;

Un coup de vent, adieu tout l'équipage.

    Mon dieu, mon dieu, qu'on est heureux

    Quand on n'est point ambitieux !


Pour obtenir une place nouvelle,

Il faut d'un grand flatter la vanité;

Dans l'antichambre, avant d'être écouté,

On est contraint de faire sentinelle.

    Mon dieu, mon dieu qu'on est heureux

    Quand on n'est point ambitieux !

Je veux trouver, si jamais je m'engage,
Gentil objet encor dans son printemps,
Avec du bien, de l'esprit, des talens:
Mon cœur, content, n'en veut pas davantage.
    Mon dieu, mon dieu qu'on est heureux
    Quand on n'est point ambitieux!


Toujours chez moi sur table l'on présente
Potage exquis, le bœuf et l'entremets,
Deux ou trois plats, le dessert, du vin frais;
C'est bien mesquin, mais moi je m'en contente.
    Mon dieu, mon dieu qu'on est heureux
    Quand on n'est point ambitieux!


Je viens, hélas! d'attraper la trentaine,
Et, grâce au ciel, je me porte assez bien,
Mon sort me plaît, je ne souhaite rien,

Pourvu qu'ainsi j'attrape la centaine.

Mon dieu, mon dieu qu'on est heureux

Quand on n'est point ambitieux !

# A MON AMI G***,

QUI M'AVAIT DEMANDÉ LA CHANSON PRÉCÉDENTE.

QUAND pour ces vers j'obtiens votre suffrage,

Je dois ce triomphe flatteur

Moins au mérite de l'ouvrage

Qu'à votre intérêt pour l'auteur;

Je le sens bien; et, plus prudent que sage,

Je ne veux point chercher d'autre approbation;

Si le cœur m'applaudit, je chéris mon partage:

Votre amitié, voilà ma seule ambition.

# LE BANQUET DES VRAIS AMIS.

COUPLETS CHANTÉS DANS UNE RÉUNION D'AMIS EN VACANCE.

AIR : Sur votre table quand on porte.

QUAND Momus ici nous rassemble
A sa loi sage, amis, soumettons-nous ;
Versons, buvons, trinquons ensemble,
Rions, chantons, faisons les fous.   (*bis.*)
Allons, qu'un aimable délire
S'empare de tous les esprits ;   (*bis.*)
Qu'un même transport nous inspire
Dans le banquet des vrais amis.   (*bis.*)

Quand Hippocrate nous appelle,
Quand de Thémis nous suivons les leçons,

A son devoir chacun de nous fidèle

Quitte à regret ses anciens compagnons.

Mais pour nous quelle jouissance,

Quand, par Momus en ces lieux réunis,

Chacun de nous se retrouve en vacance

Dans le banquet des vrais amis!


Autour de moi quelle allégresse!

Versez, amis, versez toujours;

De l'amitié goûtons la douce ivresse,

Qne son nom vienne animer nos discours.

Bravant la vieillesse ennemie,

Tâchons qu'un jour, malgré nos cheveux gris,

Dans cinquante ans l'amitié nous rallie

Dans le banquet des vrais amis.

# VIRELAI ÉPIGRAMMATIQUE.

J'AI deux cousins, et cela m'inquiète ;
L'un sera procureur et l'autre médecin ;
Vivrai-je sans procès ? me porterai-je bien ?
Ma foi, j'en doute fort ; car, je vous le répète,
J'ai deux cousins, et cela m'inquiète ;
L'un sera procureur et l'autre médecin.

# LE BAPTÊME.

Air : De la Monaco.

Entendez-vous le carillon?

Din di din don

On sonne le baptême;

Ah! combien j'aime

Ce carillon!

Digue digue dig' din dig' din don.


Dès le matin chacun s'apprête,

Le berceau de fleurs est orné;

Déjà de ses habits de fête

On affuble le nouveau-né.

Entendez–vous le carillon?

Din di din don

On sonne le baptême, etc.


Bientôt j'aperçois le compère,

Qui, d'un air galant et discret,

Vient présenter à la commère

Les bonbons, les gants, le bouquet.


Entendez–vous le carillon?

Din di din don

On sonne le baptême, etc.


Pour recevoir la compagnie

Le papa va, monte et descend;

Puis, en grande cérémonie,

Le cortége au temple se rend.

Entendez-vous le carillon?

Din di din don

On sonne le baptême, etc.


La marraine marche en silence

Près du parrain qui la conduìt;

Sur sa garde l'enfant s'avance;

Chapeau bas, le papa le suit.


Entendez-vous le carillon?

Din di din don

On sonne le baptême, etc.


Le suisse, avec sa hallebarde,

Frappe et fait ranger en chemin

Et le curieux qui regarde,

Et le pauvre qui tend la main.

Entendez-vous le carillon?

Din di din don

On sonne le baptême, etc.


Le ministre divin prend place,

Il vient d'un air majestueux;

Son embonpoint est plein de grace,

La santé brille dans ses yeux.


Entendez-vous le carillon?

Din di din don

On sonne le baptême, etc.


Invoquant la grâce suprême,

Sa main sur l'enfant nouveau-né

Répand l'eau sainte du baptême:

Dans les cieux il est couronné.

Entendez–vous le carillon?

Din di din don

On sonne le baptéme, etc.


L'on rit, l'on s'embrasse, l'on pleure;

De plaisir chacun est ému;

Puis le cortége à sa demeure

S'en va comme il était venu :


Entendez-vous le carillon?

Din di din don

On sonne le baptéme, etc.


Les garçons et les jeunes filles,

Rassemblés autour de l'enfant,

Admirent ses graces gentilles;

Chacun voudrait en faire autant.

Entendez-vous le carillon ?

Din di din don

On sonne le baptême.


La bonne-maman, le grand-père,

Sur ses traits prononcent déja:

Il a bien les yeux de sa mère,

Il aura le front du papa.


Entendez-vous le carillon?

Din di din don

On sonne le baptême, etc.


Pour boire à ses destins prospères,

Faisons sauter plus d'un bouchon;

Amis, que le bruit de nos verres

Des cloches étouffe le son.

5.

Entendez-vous le carillon?

Din di din don

On sonne le baptéme;

Ah! combien j'aime

Ce carillon!

Digue digue dig' din dig' din don.

# A JOSÉPHINE.

AIR : Au sein d'une fleur tour à tour.

J'AVAIS, hélas! plus d'une fois

Traité l'amour de badinage,

Épuisant sur moi son carquois,

Le petit dieu perdait courage ;

J'étais vainqueur ; mais un beau jour,

Sans craindre mon humeur badine,

Pour triompher de moi, l'Amour

A pris les traits de Joséphine.

# BACCHANALE,

ou

## LA TÊTE DE VEAU ENLEVÉE.

RÉCIT HISTORIQUE.

AIR : De la Ronde de la Garde nationale.

JE veux

Chanter l'exploit fameux

De ce chien valeureux,

Fidèle

Et plein de zèle,

Appui du boucher du canton;

Bacchanale est son nom.

Muse, inspire
Ma lyre.

C'était,
Il faut vous mettre au fait,
Un jour que, d'un banquet
Voulant orner la fête,
On avait fait l'emplette
D'une tête de veau,
Qui, tranquille en un seau,
Prenait le frais dans l'eau.

Un mâtin que la faim tourmente,
Le nez au vent, l'œil hagard,
Passe, et sur la tête innocente
Jette un avide regard.
Il l'attrape,
Il la happe,

Puis s'échappe

En courant:

Quand arrive

Le qui vive,

Tel s'esquive

Un brigand.


Un bruit

Soudain se répandit

Qu'un voleur, un bandit

Se sauve à perdre haleine;

On cherche, on voit... on n'a rien vu;

La tête a disparu;

Chacun en perd la sienne.


Guidé

Par un sort fortuné,

Du boucher précédé,

Bacchanale s'avance ;

Il venait en silence,

Quand, mille et mille voix

L'excitant à la fois,

Intrépide il s'élance.


Le héros, plein de courage,

A rejoint le garnement,

Il s'oppose à son passage,

Et, d'un regard menaçant,

Il l'aligne,

Il s'indigne,

Lui fait signe ;

Interdit,

Le perfide,

Qu'intimide

Notre Alcide,

Tremble et fuit.

N'osant

Toucher au mets friand,

Bacchanale est devant,

Fidèle

Sentinelle;

On vient, et la tête de veau,

Au milieu des bravo,

En trophée

Est portée.


Suivant

Ce cortége imposant,

Mon héros triomphant,

Modeste en sa victoire,

Voudrait cacher sa gloire;

Mais les fils de Comus,

Dont les cœurs sont émus,

Proclament ses vertus.

D'un César il a l'audace,

D'un Turc il a la valeur,

D'un Castor il a la grace,

C'est Azor pour la douceur.

Sa tournure,

Sa figure,

Sa posture,

Tout séduit;

Dans l'ivresse,

Chacun presse,

Le caresse,

L'étourdit.


Honteux,

N'osant lever les yeux,

Mon héros fend en deux

L'assemblée

Étonnée,

Et peu sensible à ce transport,

Dans un coin, sans effort,

S'étend, bâille, et s'endort.

---

# LA CHARTE CONJUGALE.

COUPLETS ADRESSÉS A SON ÉPOUX PAR M<sup>LLE</sup> SOPHIE \*\*\*,
LE JOUR DE SON MARIAGE.

---

AIR : Pégase est un cheval qui porte.

Un jour d'hymen, à l'Évangile,
Pour saisir un pouvoir bien doux,
La mariée, en femme habile,
Doit se lever avant l'époux :
Si des droits de ce vieil usage
Aujourd'hui j'ai su m'emparer,
Voici la loi qu'en femme sage
Je viens ici vous déclarer.

Nous, souveraine du ménage,

Et que la tendresse conduit,

Fixant les lois du mariage,

Avons ordonné ce qui suit :

Pour que le saint nœud qui nous lie

Comble l'espoir de tous les deux,

Voulons que l'époux de Sophie

Soit des époux le plus heureux.


Voulons, si nous l'aimons sans cesse,

Qu'il nous paie aussi de retour ;

Que, de l'hymen goûtant l'ivresse,

Il nous le dise chaque jour :

Ayant, pour quelque humeur légère,

Quelque chose à nous reprocher,

Voulons nous fâcher la dernière,

La première nous rapprocher.

A notre famille chérie

Pour plaire en tout temps, nous voulons

Que le tendre époux de Sophie

Prenne toujours de nos leçons.

A la haine jamais en butte,

De nos parens comblant les vœux,

Ordonnons que l'on se dispute...

A qui les aimera le mieux.


Pour notre charte conjugale

Voulons bien, vu l'occasion,

Qu'une accolade nuptiale

En signale l'adoption.

Fait, l'an premier de l'hyménée,

Notre conseil d'amour tenant,

Approuvé par la foi donnée,

Signé : Sophie, amour constant.

●●●●●●●●

6.

# LA POMME.

A MADAME V***, QUI M'AVAIT PLAISANTÉ SUR UNE POMME
QUE JE LUI AVAIS ENVOYÉE.

AIR : Du Verre.

En recevant ce léger don,

Vous avez souri, je le gage ;

Pourtant ce n'est pas sans raison

Que je vous offrais cet hommage :

En parlant d'amabilité,

Avec plaisir si l'on vous nomme,

Pour la douceur et la bonté,

On peut bien dire : A vous la pomme.

Dans ce jardin délicieux

Si d'Adam j'avais pris la place,

Et qu'Ève eût offert à mes yeux
Et vos attraits et votre grace ;
Heureux de pécher avec vous,
Semblable à notre premier homme,
Je sens qu'il m'eût été bien doux
De croquer avec vous la pomme.


Vous êtes la reine des cœurs ;
Et, signalant votre puissance,
Chacun a part à vos faveurs ;
C'est l'Amitié qui les dispense :
Aussi la Discorde jamais
Ne troublera votre royaume ;
En bonne reine à vos sujets
Vous savez partager la pomme.

# BILLET EN CALEMBOURS,

MIS DANS UN SAC OFFERT A MA TANTE M***, LE PREMIER
JOUR DE L'AN.

Aujourd'hui ton neveu, bannissant tout scrupule,

Pour tes étrennes vient t'offrir un *ridicule ;*

Mais si, contre ses vœux, quelque léger micmac

Te forçait quelque jour à lui donner son *sac,*

Peut-être qu'à sa vue oubliant ta colère,

Ce *sac* alors pour lui deviendrait *nécessaire.*

# VOT' SERVITEUR,
# DE TOUT MON CŒUR.

AIR : Du vaudeville de Patron Jean.

LORSQUE l'heure du banquet sonne,
Amis, me voilà ;
Apôtre du Dieu de la tonne,
Je suis toujours là.
Quand mon voisin, d'un air affable,
Me verse ce jus délectable,
Je suis encor là ;
Mais, quand il faut sortir de table,
Vot' serviteur,
De tout mon cœur.

Quand j'entends frapper à ma porte,

Je m'écrie, holà !

Si c'est de l'argent qu'on m'apporte,

Je suis toujours là.

Pour l'ami que le besoin guide,

Tirant ma bourse presque vide,

Je suis encor là ;

Mais pour un créancier avide,

Vot' serviteur,

De tout mon cœur.

Quand j'aperçois sur mon passage,

Remarquez cela,

Jeune fille au gentil corsage,

Je suis toujours là ;

Qu'à mes galans propos la belle

Se montre quelque temps rebelle,

Je suis encor là ;

Mais pour gémir, languir près d'elle,

Vot' serviteur,

De tout mon cœur.


Je sais faire, lorsque je danse,

Plus d'un entrechat,

Mais, lorsque l'écarté commence,

Je suis toujours là :

Bientôt, plus dispos et plus leste,

Grace au peu d'argent qui me reste,

Je suis encor là ;

Mais qu'il survienne un coup funeste,

Vot' serviteur,

De tout mon cœur.


Ma voix n'est pas des plus parfaites,

Comme à l'Opéra,

Mais aux refrains des chansonnettes

Je suis toujours là.

A table, en mainte circonstance,

Pour chanter avec assurance,

Je suis encor là ;

Mais pour filer une romance,

Vot' serviteur,

De tout mon cœur.

# LES RAPPROCHEMENS.

COUPLETS CHANTÉS A UN REPAS DE CAMARADES DE COLLÈGE.

AIR : A soixante ans on ne doit pas remettre.

Dans les repas où nous voyons paraître
Tous ces grands noms par Plutus recherchés,
Ministre, duc, financier, petit-maître,
Par le bon ton se trouvent rapprochés; (*bis.*)
Mais au banquet que l'amitié prépare,
Où par Momus chacun est invité, (*bis.*)
D'anciens amis, que le devoir sépare, ⎫
Sont rapprochés par la franche gaîté. ⎭ *bis.*

Après l'hymen, si parfois un nuage

D'un couple amant vient troubler le bonheur,

L'orage gronde, et rien, dans le ménage,

Du calme heureux ne promet la douceur.

Rassurez-vous, bientôt la nuit fidèle

D'un doux repos va donner le signal;

Et les époux, oubliant leur querelle,

Sont rapprochés par le lit conjugal.


On veut en vain de Rousseau, de Voltaire,

Ensevelir les écrits immortels;

Plus éclatant leur flambeau nous éclaire,

L'encens redouble au pied de leurs autels.

Auteurs divins, si l'amour de la gloire

Mit entre vous quelque rivalité,

Vos noms inscrits au temple de Mémoire

Sont rapprochés par l'immortalité.

Quels doux propos ce banquet nous ramène !

Te souviens-tu des anciens professeurs ?

Rappelle-toi nos disputes sans haine,

Nos sobriquets, nos plaisirs et nos pleurs.

Ah ! du collége aimable souvenance !

Vers le passé l'on semble revenir :

Ainsi les temps de notre heureuse enfance

Sont rapprochés par un doux souvenir.

# LA DESTRUCTION DE CONTEVILLE*.

## ROMANCE.

Air : En attendant.

Ils sont détruits, les murs de Conteville,

Dit en pleurant le vieillard à son fils;

Le villageois, l'habitant de la ville,

Chacun répète aux échos du pays :

Ils sont détruits

Ils sont détruits ces murs où notre enfance

De l'amitié goûta les premiers fruits;

---

\* Château situé à une demi-lieue de Dreux, et promenade ordinaire des habitans de cette ville. La Société dite *la Bande noire* en a fait l'acquisition, et l'a détruit.

Sous le marteau d'une avide opulence
Nous avons vu s'écrouler leurs débris;
            Ils sont détruits.

Ils sont détruits ces bosquets dont l'ombrage
Fixait près d'eux et les jeux et les ris;
L'arbre isolé, que respecta l'orage,
Semble redire aux regards attendris:
            Ils sont détruits.

Ils sont détruits; adieu tendre fauvette,
Du rossignol adieu les airs chéris;
Pour leurs amours il n'est plus de retraite,
Pour leurs concerts il n'est plus de taillis;
            Ils sont détruits.

# SUR ROTROU.

Air : Muse des jeux et des accords champêtres.

Grand écrivain, Rotrou, par son génie,

Sut de son art relever la splendeur;

Bon magistrat\*, pour sauver sa patrie,

D'un mal cruel il brava la fureur :

A son talent quand tout rendait les armes,

Quand ses vertus consolaient tous les cœurs,

Du spectateur il arrachait les larmes,

Du malheureux il essuyait les pleurs.

---

\* Rotrou était lieutenant-civil du bailliage de Dreux, sa patrie. Il mourut dans cette ville, le 28 juin 1650, victime de son dévouement, lorsqu'une épidémie la ravageait.

# LA FÊTE DE FÉLICITÉ.

AIR : Du vaudeville de la Somnambule.

DANS ce repas où l'amitié préside,

Je vois régner une franche gaîté;

En y venant le sentiment nous guide,

Et par Momus chacun est invité:

Avec regret lorsque l'on se retire,

D'y revenir quand chacun est tenté,

C'est qu'en ces lieux où la bonté respire

Nous y trouvons notre Félicité.     (*bis.*)


Qu'un roi puissant trouve sa jouissance

A commander à de vastes états;

Qu'un Harpagon, pauvre dans l'opulence,
Mette sa joie à compter ses ducats;
Que nos héros au métier de la guerre
Trouvent la gloire et l'immortalité:
Mes chers amis, ces biens que l'on préfère
Ne valent pas notre Félicité.

Pauvres garçons, vous que le mariage
N'a point encore asservis sous ses lois,
Si la contrainte où ce nœud vous engage
A jusqu'ici suspendu votre choix.
Venez ici, voyez dans son ménage
Un tendre époux, de l'hymen enchanté,
Qui rencontra dans ce charmant voyage
Et son repos et sa Félicité.

Dieu des amours, dans ton aimable empire,
Garde avec soin cette modeste fleur,

Et sur des traits où la bonté respire

Verse toujours la grâce et la fraîcheur :

A l'amitié d'une hôtesse chérie

Par nous, amis, qu'un toast soit porté ;

Et pour charmer le cours de notre vie,

Conservons bien notre Félicité.

# LE MARIAGE MILITAIRE.

COUPLETS CHANTÉS AU REPAS DE NOCE D'UN CHEF DE
BATAILLON.

Air : De la contredanse des Deux Précepteurs.

Aux refrains de nos chansons
Célébrons cette journée;
Que l'amour et l'hyménée
Fassent sauter les bouchons.

Amitié, monte ma lyre;
Amour, saisis ton flambeau;
Bacchus, perce ton tonneau;
Que ton feu divin m'inspire.

Aux refrains de nos chansons
Célébrons cette journée, etc.

Mars, fatigué de la gloire,
Joignant le myrte au laurier,
D'un combat moins meurtrier
Veut remporter la victoire.

Aux refrains de nos chansons
Célébrons cette journée, etc.

Dans cette amoureuse guerre,
Cupidon, l'arme en avant,
Va donner au Commandant
Le mot d'ordre de Cythère.

Aux refrains de nos chansons
Célébrons cette journée, etc.

A l'aspect du capitaine,
Qui se présente en ami,
Je suis sûr que l'ennemi
Capitulera sans peine.

Aux refrains de nos chansons
Célébrons cette journée, etc.

Amour, franchise et vaillance,
Grâce, douceur et bonté,
Ici forment le traité
D'une éternelle alliance.

Aux refrains de nos chansons
Célébrons cette journée, etc.

Pour défendre la patrie,
Vous allez, mon Commandant,

Avec votre lieutenant,
Former une compagnie.


Aux refrains de nos chansons
Célébrons cette journée, etc.


Gardez bien votre conquête,
Et songez que le tambour,
Sous les drapeaux de l'Amour,
Ne bat jamais la retraite.


Aux refrains de nos chansons
Célébrons cette journée, etc.


Le bonheur sera fidèle
Tant que, dans votre maison,
L'Amour fera faction,
Et l'Amitié sentinelle.

Aux refrains de nos chansons
Célébrons cette journée, etc.


Dans ce repas plein de charmes,
De nos verres armons-nous,
Et pour boire à ces époux
Soyons toujours sous les armes.


Aux refrains de nos chansons
Célébrons cette journée, etc.


De vins formons une aubade;
Partez bouteilles, flacons,
Que du feu de vos bouchons
J'entende la canonnade.


Aux refrains de nos chansons

Célébrons cette journée,

Que l'amour et l'hyménée

Fassent sauter les bouchons.

# C'EST SINGULIER.

Air : Du Pélerin.

Dans cette vie on a vraiment
Bien des sujets d'étonnement.
On voit le sot en équipage,
Un fripon au premier étage,
Souvent l'honnête homme au grenier;
　　C'est singulier.


J'aborde un jour avec ardeur
Dorval, devenu grand seigneur:
Il ne remet point mon visage,

Pourtant, tous les deux du même âge,
Avec lui je fus écolier;
    C'est singulier.


Depuis dix-huit mois environ
J'étais absent de la maison;
J'apprends, au retour du voyage,
Que ma femme, prudente et sage,
Vient d'accoucher de son dernier;
    C'est singulier.


Ce Monsieur, quand je vais le voir,
A dîner veut toujours m'avoir;
Mais toutes les fois qu'il m'invite
C'est à la fin de ma visite,
Lorsque je suis sur l'escalier;
    C'est singulier.

8.

Quoi! vous ignoriez mon secret;
Mais vous devriez être au fait;
Car, pour le publier d'avance,
Je l'avais dit en confidence
A la bonne ainsi qu'au portier;
    C'est singulier.


Le petit pied de Jeanneton
Avait ébloui ma raison;
Mais, en essayant sa chaussure,
Mon pied, d'assez bonne mesure,
Fut à l'aise dans son soulier;
    C'est singulier.


La soif de l'or, mes chers amis,
Fait parcourir bien des pays;
Mais nous, lorsque la soif nous gagne,

C'est la Bourgogne et la Champagne

Qui parcourent notre gosier;

C'est singulier.

# LE CHARTRAIN

## AU DIORAMA DE CHARTRES.

Air : Du vaudeville de la Petite Gouvernante.

Peintres divins, votre tableau magique,
Du voyageur fixant l'attention,
Du noble aspect de notre église antique
Offre au Chartrain la douce illusion;
L'œil étonné, l'âme interdite,
Il reconnaît l'auguste monument,
Et son cœur ému qui palpite
Rend hommage à votre talent.

# A MON AMI D***,

## LE JOUR DE SON MARIAGE.

Air : Muse des jeux et des accords champêtres.

De ton hymen lorsque je vois la fête,
Lorsque l'amour en fait tous les apprêts :
D'un vieil ami la tendresse inquiète
A ton bonheur doit cacher ses regrets.
Ton Amélie, objet de ta tendresse,
D'un sort nouveau va t'offrir les attraits ;
D'un amour pur goûte la douce ivresse ; ⎫
Mais l'amitié ne t'oublîra jamais.     ⎭ *bis.*


Rappellerai-je à ton âme attendrie
Ces premiers nœuds par l'amitié formés,

Ces temps heureux d'une aimable folie,
Sitôt finis, mais non pas oubliés!
Ton Amélie, objet de ta tendresse,
Va de ton cœur en effacer les traits :
D'un amour pur goûte la douce ivresse,
Mais l'amitié ne t'oublîra jamais.

Ah! disions-nous, il lui faut une amie
Simple en ses goûts, sage dans ses désirs,
Dont la douceur embellisse sa vie,
Et dont l'esprit charme tous ses loisirs :
Ton Amélie, objet de ta tendresse,
A dans ce jour rempli tous nos souhaits;
D'un amour pur goûte la douce ivresse,
Mais l'amitié ne t'oublîra jamais.

Jeunes époux, le nœud qui vous engage
Du vrai bonheur vous ouvre le chemin,

Ah! quelquefois, pour charmer le voyage,

A vos amis daignez tendre la main.

Tout vous sourit, et sur votre tendresse

L'œil maternel vient se fixer en paix ;

D'un amour pur goûtez la douce ivresse,

Mais l'amitié, ne l'oubliez jamais.

# LA POTICHE*.

AIR : D'un vaudeville finàl.

AUJOURD'HUI le joyeux Momus
  A posé son affiche,
Pour nous annoncer qu'chez Comus
  On mang'ra la Potiche.

} bis.

} bis.

Amis, bannissons de ces lieux
  Une gaîté postiche ;

---

* Bourse destinée à recevoir les pertes et gains faits au
boston, et qui paie, au bout de l'année, les frais d'un
banquet où les joueurs viennent se réunir.

Que l'plaisir brill' dans tous les yeux
    Le jour de la Potiche.


Paraissez, pâtés et jambons,
    Poisson, gibier, bourriche ;
Accourez, poulets et dindons,
    Nous mangeons la Potiche.


Voyez ces repas somptùeux
    Où bâille plus d'un riche ;
Nous sommes bien plus riches qu'eux
    En mangeant la Potiche.


Je préfère à tous les États
    De l'empereur d'Autriche,
La plac' que j'occupe au repas,
    Le jour de la Potiche.

Les rois, en se battant entre eux,
D' not' argent n' sont pas chiches;
Ah! si du moins de tous leurs jeux
Nous mangions les Potiches!

Au boston, où nous brillons tous,
Quoiqu' jamais l'on ne triche,
Quelquefois les coups de genoux
Engraissent la Potiche.

Aujourd'hui du qu'en dira-t-on
Chaque joueur se fiche,
Pourvu qu'il retrouv' sa maison,
En sortant d' la Potiche.

Que mesdam's Boston n' craignent rien
Quand faudra qu'on déniche,

Ell's ne peuv'nt pas manquer d' soutien
　　Le jour de la Potiche.


Amis, n' souffrons pas que les champs
　　Du Boston rest'nt en friche,
Tâchons qu' l'amitié, tous les ans,
　　Nourrisse la Potiche.


J' n'ai p't-êtr' pas, selon votre goût,
　　Salé chaque hémistiche;
Mais songez qu' faut avaler tout
　　Le jour de la Potiche.

# A BOIRE.

AIR : Fortune,
Je ris de toi, de bonne foi.

A BOIRE  (*bis.*)
Versez, amis, versez du vin,
Victoire !  (*bis.*)
Mon verre est plein,

Compagnons aux faces vermeilles,
Accourez armés de bouteilles;
Je vous attends le verre en main;
Hélas! depuis une heure en vain
Je sonne le tocsin.

A boire .

Versez, amis, versez du vin,

Victoire !

Mon verre est plein.


Quand j'ai bu souvent je me pique

De bien raisonner politique.

On dit, hélas ! que le Pacha...

On dit que le Ministre va...

Qu'il demande déjà...


A boire,

Versez, amis, versez du vin,

Victoire !

Mon verre est plein.


Libre du joug qui l'emprisonne,

Le Champagne écume et bouillonne,

Et, par la folie excité,

S'échappe et répand la gaîté;

Vive la liberté.


A boire,

Versez, amis, versez du vin,

Victoire!

Mon verre est plein.


Pour les honneurs et la richesse,

On court, on s'agite, on se presse;

Insensés, arrêtez vos pas;

Vous cherchez à monter, hélas!

Quand la cave est en bas.


A boire,

Versez, amis, versez du vin,

Victoire!

Mon verre est plein.


Jamais entre mes mains, j'espère,

On ne voit vaciller mon verre;

Et si mon bras est agité,

S'il tremble, c'est d'anxiété

Qu'on ne verse à côté.


A boire,

Versez, amis, versez du vin,

Victoire!

Mon verre est plein.


Grand Dieu! quelle brûlante ivresse!

La soif me dévore et m'oppresse;

Courez à la cave, morbleu!

Mettez les machines en jeu ;
Mon palais est en feu !

A boire,
Versez, amis, versez du vin,
Victoire !
Mon verre est plein.

# TABLE.

## POÉSIES DIVERSES.